Amable Plieux

L'épiscopat de Bossuet à Condom, 1669-1671

Antigonos

Amable Plieux

L'épiscopat de Bossuet à Condom, 1669-1671

Réimpression inchangée de l'édition originale de 1879.

1ère édition 2024 | ISBN: 978-3-38816-003-0

Antigonos Verlag est une marque de Outlook Verlagsgesellschaft mbH.

Verlag (Éditeur): Outlook Verlag GmbH, Zeilweg 44, 60439 Frankfurt, Deutschland, info@outlook-verlag.de
Vertretungsberechtigt (Représentant autorisé): E. Roepke, Zeilweg 44, 60439 Frankfurt, Deutschland
Druck (Imprimerie): Libri Plureos GmbH, Friedensallee 273, 22763 Hamburg, Deutschland

L'ÉPISCOPAT

DE

BOSSUET A CONDOM.

Extrait de la *Revue de Gascogne*.

TIRÉ A PART A 150 EXEMPLAIRES.

L'ÉPISCOPAT

DE

BOSSUET A CONDOM

(1669-1671)

SUPPLÉMENT A LA BIOGRAPHIE ET AUX ŒUVRES DE BOSSUET

PAR

Amable PLIEUX,

JUGE AU TRIBUNAL DE LECTOURE,
MEMBRE TITULAIRE DE L'INSTITUT DES PROVINCES, CHEVALIER DE
SAINT-GRÉGOIRE-LE-GRAND ET DU SAINT-SÉPULCRE.

BORDEAUX

Ch. LEFEBVRE, Libraire-Editeur,

6, Allées de Tourny, 6.

—

1879.

L'ÉPISCOPAT DE BOSSUET A CONDOM

(1669-1671)

Supplément à la biographie et aux œuvres de Bossuet.

L'oubli qui, dans l'espace de moins d'un siècle, a couvert toutes les anciennes institutions de la France, n'a épargné peut-être, dans nos petites villes de Gascogne, que le souvenir de la suprématie épiscopale que plusieurs d'entre elles eurent le privilége d'exercer. Non-seulement les vieilles églises de ces villes n'ont pas perdu leur nom de cathédrale, mais elles restent encore, en dépit des circonscriptions paroissiales, comme le sanctuaire commun des cités dont elles sont l'ornement et l'orgueil (1). Ces monuments, dont la grandeur contraste d'ordinaire avec la modestie des constructions qui les entourent, maintiendront longtemps encore la tradition de l'ancienne juridiction perdue; mais ce qui perpétuera surtout le souvenir de ces diocèses abolis (2), c'est le mérite ou l'éclat singulier des prélats qui furent à leur tête.

Ces grands établissements ecclésiastiques présentaient en effet partout, et spécialement dans notre Gascogne, un spectacle curieux et imposant.

(1) Autrefois l'église cathédrale était quelquefois indépendante des circonscriptions paroissiales; elle était à proprement parler l'église de l'évêque et toutes les paroisses de la ville en ressortissaient. C'est ainsi qu'on voyait à Condom s'élever à l'ombre même de la cathédrale, sur une partie du local actuel de la place Saint-Pierre, une église paroissiale sous le vocable de Saint-Nicolas.

(2) Décret du 12 juillet 1790 sur la constitution civile du clergé. Cette abolition était nulle au point de vue canonique; mais le concordat de 1802 a régulièrement consacré la nouvelle circonscription ecclésiastique de la France.

L'archevêché d'Auch d'abord, appointé de 150,000 livres de revenu et assorti d'un riche chapitre composé de membres laïques et ecclésiastiques, parmi lesquels le roi de France, en sa qualité de comte d'Armagnac, occupait la première stalle du côté de l'Evangile, — l'archevêché d'Auch avait appartenu aux La Trémoille, aux Lévis, à des princes de la maison de Savoie (1), etc. Lectoure pouvait citer parmi ses évêques Charles de Bourbon (2), Louis de Polastron, Louis de la Rochefoucault et François de Narbonne-Pelet (3). Condom enfin vit se succéder sur son siège les plus illustres représentants de la noblesse de cour : les Galard, les Gontaut-Biron, les Grossolles, les d'Estrades, les Monluc, les Lorraine, et plus tard les Cossé-Brissac, les Montmorency et les Brienne. Mais l'éclat de tous ces noms devait pâlir et s'effacer devant la gloire du nom de Bossuet.

Malgré les circonstances qui l'éloignèrent de son troupeau, l'épiscopat de ce « dernier Père de l'Eglise » sera l'éternel honneur de la ville de Condom, qui regrette encore, dans un pur sentiment patriotique, de n'avoir pas été visitée par l'étonnant génie auquel elle appartint. Ces souvenirs et ces regrets sont encore si vifs qu'il sera peut-être intéressant de rappeler les circonstances qui motivèrent l'éloignement de Bossuet de son diocèse, et de rechercher si, malgré la distance, il n'y apporta pas les réformes que l'on était en droit d'attendre d'un esprit à la fois si élevé et si pratique et d'une si insigne vertu.

(1) François, fils de Louis, duc de Savoie, et d'Anne de Chypre, beau-frère par sa sœur Charlotte du roi Louis XI, neveu du pape Félix V, fut nommé à l'archevêché d'Auch en 1484. L'embarras de ses affaires était tel que, malgré sa naissance et ses dignités, il ne put payer ses bulles en cour de Rome, et pour les obtenir, il dut emprunter à son chapitre la somme de 689 livres 8 sols, qui lui fut remise par Jean de Lacroix. Quittance du 7 octobre 1484. (Monlezun, *Histoire de la Gascogne*, t. v, p. 36.)

(2) Fils d'Antoine de Bourbon et de Louise de la Béraudière. Sous son pontificat, l'ithou et de Thou se rendirent à Lectoure. Comme ils n'y arrivèrent que la nuit et qu'ils tournaient autour des fossés, les sentinelles qui étaient sur les remparts tirèrent sur eux quelques coups de mousquet. (Monlezun, id., Supplément, p. 567.)

(3) Qui fonda en 1765 l'hôpital actuel de Lectoure, sur les ruines de l'ancien château des comtes d'Armagnac.

Vers la fin de la monarchie française, l'ordre du clergé réclamait plus d'une réforme. Au moment où la noblesse, de plus en plus annulée par le pouvoir royal, ne gardait guère que les priviléges de ses honneurs, le premier ordre de l'Etat n'avait encore rien perdu de ses droits. Mais la faveur qui dictait beaucoup de promotions et la tolérance des règlements ouvraient la porte à de scandaleux exemples de faste et d'incurie. Si le plus grand nombre des évêques et presque tout le bas clergé conservaient encore pures les vertus de l'Eglise, ces beaux exemples opposés à d'autres tout différents ne parvenaient pas à rendre à la hiérarchie sacerdotale le prestige qu'elle ne devait retrouver que plus tard dans la persécution révolutionnaire.

Le diocèse de Condom, plus que bien d'autres, avait profondément souffert de ces relâchements, dont nous ne pouvons mieux donner idée qu'en citant quelques traits de la vie de Jean de Monluc et de Louis de Lorraine, xive et xviiie évêques de cette ville.

Jean de Monluc (1) débuta par la carrière des armes; il montra au siége de Malte (1565) à quel point il avait hérité de l'humeur belliqueuse de son père, et il ne renonça à la guerre que lorsqu'il se trouva comme le fameux maréchal « *stropiat* de tous ses membres. » Il songea alors à un riche bénéfice ecclésiastique, et quoiqu'il n'eût jamais reçu les ordres, il obtint en commende l'évêché de Condom. Le nouvel évêque ne fut donc pas sacré, et ne pouvant se résigner à résider dans son diocèse, il visita successivement l'Italie, Malte, l'Etat de Venise et la Savoie, où il s'établit à la cour. Il ne rentra à Condom que lorsque la révolte des protestants de Nérac lui offrit l'occasion de revenir à des goûts qu'il n'avait jamais abdiqués. On le vit alors lever des compagnies

(1) Fils de Blaise de Monluc et d'Antoinette Yssalguier, pourvu de l'évêché en 1571, mourut au château de Cassagne, le 6 août 1581, ainsi qu'il résulte du livre des jurades de Condom.

de gens d'armes pour marcher contre les rebelles et exercer longtemps ses troupes dans l'intérieur même de sa cathédrale; mais les progrès de ses infirmités firent avorter ses projets et l'empêchèrent d'entreprendre pour son compte les guerresde religion qui avaient rendu son père si célèbre.

A une époque moins troublée et où les mœurs ecclésiastiques avaient généralement subi une notable réforme, Charles-Louis de Lorraine (1) devait cependant donner l'exemple d'une vie encore plus relâchée. Il était fils naturel du cardinal de Guise et de Charlotte des Essarts, dame de Romorantin, célèbre par les amours d'Henri IV dont elle avait eu les abbesses de Chelles et de Fontevrault. Louis de Lorraine avait d'abord suivi la cour et s'y était signalé par une prodigalité sans exemple. Sa maison était la plus brillante de l'époque, et Louis XIII était jaloux de ses équipages de chasse. Mais ce luxe exagéré amena bientôt la ruine du jeune prince. Traqué de tous côtés, il dut se réfugier chez les oratoriens de Saint-Magloire, « dans le but de se soustraire aux poursuites de ses » créanciers et de se récolliger pour l'épiscopat (2). » Un riche bénéfice lui était nécessaire, et à l'aide de dispenses *super defectu natalium*, il parvint à obtenir l'évêché de Condom. Il se réfugia dans cette ville, où il fit son entrée le 7 septembre 1660; mais espérant au bout de quelque temps mettre ordre à ses affaires, il revint à Paris, où il passa trois ans à disputer à ses créanciers le revenu de son évêché qui avait été saisi. Obligé de nouveau par sa ruine définitive de rentrer à Condom, il n'y vécut pas moins avec un faste singulier, toujours entouré d'une nombreuse suite et accompagné des équipages les plus brillants. C'est dans cet appareil qu'il entreprit des tournées pastorales qui devinrent une

---

(1) Ce prélat prit possession de son siège le 25 mars 1660, et mourut à Auteuil, près Paris, le 1er juillet 1668.

(2) Manuscrit du xviie siècle relatif à l'histoire de Condom.

charge écrasante pour les bénéficiers, obligés de loger et de nourrir toute la cour de l'évêque.

Rien ne devait plus contraster avec la vie frivole de Louis de Lorraine que l'austère vertu de son successeur.

Jacques-Bénigne Bossuet naquit à Dijon, le 27 septembre 1627 (1), d'une famille parlementaire, et son aïeul semblait présager la destinée qui l'attendait dans la suite de sa vie quand il écrivait sur son registre domestique la note suivante, en souvenir de la naissance de celui de ses petits-fils qui nous occupe : « *Circumduxit eum, et docuit et custodivit quasi pu-* » *pillam oculi* (2). » On sait que voué à l'Eglise dès l'âge de huit ans, tonsuré le 6 décembre 163., pourvu le 24 novembre 1640 d'un canonicat dans la cathédrale de Metz, il étonna de bonne heure ses maîtres (3) et en particulier le sage théologien Nicolas Cornet (4) par la profondeur de son esprit; que sa réputation précoce lui donnait à seize ans un accès facile dans le salon bleu de l'hôtel de Rambouillet, et qu'un sermon qu'il y prononça, à onze heures du soir, obtint un grand succès, quoique moins goûté peut-être que le mot spirituel de Voiture à ce propos (5). On sait aussi que peu

---

(1) Il était fils de Bénigne Bossuet, seigneur d'Azu, doyen des conseillers au Parlement de Metz, et de Magdeleine Mochette, et fut baptisé le surlendemain de sa naissance dans l'église Saint-Jean à Dijon. Sa famille était originaire de la petite ville de Seurre en Bourgogne et comptait un nombre si considérable de ses membres dans la magistrature de cette province que Bénigne Bossuet ne put y être admis. C'est par cette raison que, cédant aux sollicitations d'Antoine de Bretagne, son oncle maternel et premier président du Parlement de Metz, lors de sa création en 1633, le père de notre grand évêque y fut reçu doyen des conseillers avec dispense de payer la finance de sa charge. (Cardinal de Bausset, t. I, p. 5; Le Dieu, *Mémoires*, p. 1-14).

(2) Deutéronome, XXXII, 10.

(3) Ses camarades d'études le trouvaient eux-mêmes si assidu au travail, qu'au dire de M. du Mai, conseiller au Parlement, qui avait fait ses classes avec lui, ils l'avaient surnommé *Bos suetus aratro*.

(4) Grand maître du collège de Navarre et l'un des hommes les plus distingués de son époque (1592-1663). Il fut inhumé dans la chapelle du collège de Boncourt, où Bossuet, qui n'était pas encore évêque, prononça son oraison funèbre. « Puis-je, disait ce grand homme, puis-je refuser à ce personnage quelques fruits d'un esprit qu'il a cultivé avec une bonté paternelle dès sa première jeunesse, ou lui dénier quelque part de mes discours, après qu'il en a été si souvent le conseil et l'arbitre? » (Oraisons funèbres.)

(5) Je n'ai, disait-il, jamais ouï prêcher ni si tôt ni si tard.

sensible aux applaudissements d'une société frivole, Bossuet, dans son amour pour l'étude et la retraite, recherchait à Metz auprès de sa famille une vie plus calme, dans laquelle, n'étant détourné par aucun devoir ni aucune distraction, il pût se livrer entièrement à la lecture des saints Pères (1). Promu à la prêtrise dans le courant du Carême de 1652, il s'était saintement disposé à ce grand sacrement par des retraites à Saint-Lazare, auprès d'un des rénovateurs de la vie ecclésiastique en France, qui est aussi la gloire la plus pure de notre Gascogne. Saint Vincent de Paul l'admit, quoique bien jeune encore, à ces célèbres conférences où, pour emprunter les expressions de Bossuet lui-même, « se réunissaient le mardi de chaque semaine de grands évêques qui y étaient amenés par la réputation et la piété de cet homme excellent, et qui tiraient de cette société de puissants secours pour les aider dans leurs soins et leurs travaux apostoliques, et des ministres irréprochables toujours prêts à les seconder en dispensant avec sagesse dans leurs églises la parole de vérité, et en prêchant l'Evangile autant par leurs exemples que par leurs discours (2). »

Une remarque qui n'a pas été assez faite sur un sujet tant étudié, et qui frappe cependant tout esprit attentif, c'est que derrière l'importance de la position, la noblesse du langage, l'inflexible rigueur de l'enseignement dogmatique, et l'éclat du génie, il est facile de distinguer dans ce grand caractère la simplicité profonde et la constante modestie du chrétien. Les écrivains qui, s'appuyant sur les dissidences survenues à la fin de leur vie entre Bossuet et Fénelon, veulent faire du premier de ces prélats le contraste absolu du second, contestent à l'évêque de Meaux cette humilité que nous lui reconnaissons. Mais il est impossible d'admettre leur appréciation, si l'on considère que Bossuet se défendit longtemps de l'hon-

(1) Le Dieu, secrétaire de Bossuet (1684-1704), Mémoire, p. 21.
(2) Lettre de Bossuet au Pape Clément XI, du 2 août 1702.

neur d'élever la voix dans ces augustes et solennelles assemblées réunies autour des cercueils des princes; si l'on remarque surtout que, résistant à un entraînement facile à une époque où, autant qu'aujourd'hui, chacun voulait écrire, il ne composa jamais aucun ouvrage seulement en vue de sa réputation, mais toujours pour un but pratique et actuel, opposant la vraie doctrine comme un souverain remède aux besoins du moment. Ainsi l'*Exposition de la doctrine chrétienne* fut écrite pour la conversion de Turenne; le *Discours sur l'histoire universelle*, la *Politique tirée de l'Ecriture sainte*, le Traité *de la connaissance de Dieu et de soi-même* furent composés pour l'éducation du Dauphin; les *Elévations sur les mystères*, les *Méditations sur l'Evangile* furent adressées pour leur instruction aux religieuses d'un couvent; le *Commentaire sur l'Apocalypse* eut pour but de défendre le Saint-Siège contre des théories erronées; l'*Histoire des variations* fut écrite pour convertir les protestants; enfin le *Catéchisme de Meaux* fut composé pour les petits enfants, auxquels l'illustre docteur ne dédaignait pas lui-même de l'enseigner. On peut donc affirmer qu'il ne fit aucun pas vers la gloire, mais que celle-ci vola spontanément à lui.

En même temps que le talent, la science et l'humilité de Bossuet le préparaient à tenir un rang si élevé dans l'Eglise, chacun de ses discours augmentait sa renommée. Anne d'Autriche et Marie-Thérèse s'empressaient à ses sermons, et dans l'auditoire on pouvait compter en foule, à côté des Schomberg, des Condé, des Turenne, les beaux génies de l'époque, les poètes, les savants les plus illustres. Toutes les gloires de de ce siècle si fécond semblaient accourir pour s'incliner devant cette parole souveraine et magnifique. Louis XIV plus qu'aucun autre avait été frappé de cette majesté qui répondait si bien à la sienne propre. Aussi cherchait-il une récompense proportionnée à un tel mérite; et lorsque la mort de Louis de Lorraine lui en fournit l'occasion par suite de la vacance du siége de Condom, le roi y nomma Bossuet par un édit donné à Saint-Germain-en-Laye, le 15 septembre 1669. Dans cette pièce, qui lui fut remise au moment où il prêchait dans l'abbaye de Notre-Dame de Meaux la prise d'habit de Marie-Thérèse-Henriette de Lavieuxville, le nouvel évêque put lire cette phrase insérée par ordre exprès de Louis XIV : « Qu'il se promettait de grands fruits de l'administration d'un tel évêque dans un évêché aussi considérable qu'était celui de Condom (1). »

Pénétré de l'importance des nouveaux devoirs qui allaient lui incomber, notre prélat commença dès le 10 octobre par se démettre du décanat de Metz et de son canonicat, quoiqu'il eût pu garder ces deux dignités jusqu'à l'arrivée de ses bulles. Il se mit ensuite en rapport avec les dignitaires de son chapitre et leur exprima l'espoir de se trouver prochainement parmi eux. Une lettre qu'il écrivit dans ce sens existe encore dans les papiers de la famille Lagutère, de Condom; elle est adressée au promoteur du diocèse, datée de Paris le 29 décembre 1669 et conçue dans ces termes :

Monsieur, si j'eusse receu plus tôt votre lettre du 1er novembre, vous eussiez aussi receu plus tôt vous-même les marques de ma reconnaissance pour les bontés que vous me témoignez. La charge que vous exercez est tellement importante qu'on peut dire que celui qui s'en acquitte dignement est l'âme d'un diocèse et le soutien de sa discipline ecclésiastique. Plusieurs personnes, et entr'autres Monseigneur de Condom l'ancien (2), m'ont parlé de vous avec éloge. J'espère que la présence ne diminuera rien de l'estime que j'en aie conçue et que j'aurai sujet de vous témoigner encore plus

---

(1) Bibl. nat. Fonds de Mortemart, n° 112, p. 190. — Cité par M. Floquet. — L'évêché de Condom était le neuvième de France par l'importance de ses revenus qui atteignaient environ 60,000 livres; sa taxe en cour de Rome pour annates, provisions et inscription sur les registres de la chambre apostolique montait à la somme de 2,500 florins Au décès de Louis de Lorraine, il fut inutilement demandé par l'abbé Louis d'Anglure de Bourlemont, auditeur de rote et neveu de l'archevêque de Toulouse.

(2) Jean d'Estrades, qui résigna l'évêché de Condom en 1658 pour prendre en échange l'abbaye de Chailly, ordre de Cîteaux, au diocèse de Senlis.

amplement que je ne fais aprésent, que je suis, Monsieur, votre très affectionné serviteur. L'abbé Bossuet, nommé à l'év. de Condom (1).

Bossuet n'attendait donc pour gagner son diocèse que l'arrivée de ses bulles. S'il les eût reçues dans les délais ordinaires, nul doute qu'il n'eût pris immédiatement et en personne possession de son siège; mais des événements importants devaient retarder à Rome l'envoi de ses pouvoirs. Clément X était mort le 9 décembre 1669, et les complications du conclave, qui repoussait le cardinal Altieri, avaient prolongé jusqu'au 9 avril de l'année suivante la vacance du Saint-Siège. Ce retard, qui privait à jamais la ville de Condom de la présence de Bossuet, devait profiter à sa gloire et lui fournir l'occasion de laisser à la postérité les deux plus sublimes modèles de l'éloquence de la chaire. C'est, en effet, sous le nom d'évêque nommé de Condom qu'il prononça, le 16 novembre 1669 (2), dans l'église des religieuses de Sainte-Marie de Chaillot, l'oraison funèbre d'Henriette d'Angleterre, et le 21 août 1670, à Saint-Denis, celle de la duchesse d'Orléans. C'est à l'occasion de cette dernière cérémonie que, se conformant au désir du roi, Bossuet, qui avait reçu ses bulles, se revêtit pour la première fois des insignes épiscopaux, quoiqu'il n'eût pas encore reçu l'onction sacrée (5). Comme pour associer son diocèse à ses triomphes oratoires, et jugeant peut-être que sa parole appartenait avant tout au troupeau qui lui était confié, Bossuet s'empressa d'envoyer à son chapitre une copie de ses œuvres. Il est à déplorer que ce précieux gage de sollicitude ait disparu des archives de la cathédrale de Condom.

---

(1) Imprimée dans le Bossuet de Vivés, t. XXX, p. 582.

(2) Le futur prélat de Condom   Prononça l'éloge funèbre,
    Bossuet, lequel a le don   Dans un auditoire célèbre;
    D'étaler, dessus la tribune,   Et tel fut le succès qu'il eut
    Une éloquence non commune,   Qu'à toute l'assemblée il plut,
    Et d'attirer le grand concours   Et par de pathétiques charmes
    Par ses beaux et tendres discours,   De tous les yeux tira des larmes.

        (Charles Robinet. Lettre du 23 novembre 1669.)

(3) *Récit des obsèques de madame Henriette d'Angleterre.* Bibliothèque nationale. Manuscrits Saint-Germain-Harlay, n° 21.

Ces discours, en portant à leur apogée la renommée de de l'évêque de Condom, allaient lui attirer un nouvel honneur, le plus grand et le plus difficile qui soit au monde, celui de former un roi. La charge si importante de précepteur du Dauphin, donnée d'abord à Chapelain, ayant été refusée par lui à raison de son grand âge, « qui le rendait trop sérieux et trop » infirme pour qu'il pût se flatter d'être agréable à un prince » encore si jeune, » l'archevêque de Paris et le chancelier Le Tellier proposèrent Bossuet; mais le duc de Montausier, gouverneur du prince, fit accepter M. de Périgny, président aux enquêtes et lecteur ordinaire de Sa Majesté. Le décès de M. de Périgny, survenu le 1er septembre 1670, nécessita un nouveau choix, et M. de Montausier proposa immédiatement Bossuet « comme le plus digne de tous ceux qu'il connaissait. » Nous lisons à ce sujet dans la vie de ce vertueux gouverneur que « le Roi, incertain, lui dit quelques jours après : Avez-vous ré- » fléchi sur ce que vous m'avez proposé? Avez-vous songé » qu'un évêque pourra ne pas vous accommoder?» et que le duc aurait répondu : « Sire, je ne cherche pas celui qui me » conviendra le mieux, mais celui qui est le plus homme de » bien, le plus habile et le plus propre à l'emploi. Si M. de » Condom est tel, nous vivrons bien ensemble; je n'ai garde » de jamais rien exiger d'un évêque qui puisse déroger au » caractère sacré et à la dignité dont il est revêtu (1). » La réponse de Montausier décida le roi en faveur de Bossuet, et ce choix fut aussitôt ratifié par la cour et par la ville (2). Au

---

(1) *Vie de M. de Montausier*, t. II, p. 18.

(2) « M. Bossuet est un digne personnage et très-savant » (Guy Patin, lettre du 13 septembre 1670); « M. l'abbé Bossuet a été choisi par le Roy pour la charge de » précepteur de Monseigneur le Dauphin, et vendredy 5 septembre 1670 il fut mis » en possession avec l'applaudissement de tout le monde » (Journal manuscrit d'Oli_ vier Lefèvre d'Ormesson); Guy Patin, lettres à Falconet des 13 décembre 1669 et 17 septembre 1670; Bussy-Rabutin, lettre à mademoiselle Dupré du 27 septembre 1670.

...... Augur mea musa canebat
Te fore Delphini, sic rege volente, magistrum,
Promissumque diu nunc fata reposcere nostra.

(*J.-B. Santolii ad J.-B. Bossuetum Delphini præceptorem*, septemb. 1670.)

milieu de cette joie générale, l'évêque nommé de Condom hé-
sita longtemps, comme le témoignent les mémoires de l'abbé
Le Dieu, son secrétaire; il fit part au roi de ses répugnances
pour une place qui ne lui paraissait pas compatible avec le devoir de la résidence et les fonctions de l'épiscopat; mais le roi
lui répondit : « Je veux un évêque; faites-vous sacrer; suivez
» après cela les mouvements de votre conscience; je vous laisse
» toute liberté. » La conclusion de ces pourparlers avait été
fixée au vendredi 5 septembre 1670, et ce jour-là, Bossuet, qui
crut devoir obéir, transmit au Roi son acceptation. Il entra en
fonctions le même jour, reçut son brevet le 15 et prêta serment le 25 entre les mains de Louis XIV.

Notre évêque renonça momentanément à se rendre à Condom, et ignorant les profondes réformes que réclamait ce
diocèse, il espéra pouvoir l'administrer de loin : « d'où il serait,
» écrivait-il, absent de corps, mais présent d'esprit.» Ses bulles
lui étant parvenues le 2 juin 1670, Bossuet s'occupa de son sacre
et voulut s'y préparer dignement par une retraite de trois mois
à Châlons-sur-Marne et à la Trappe; mais il dut renoncer à ce
projet par suite de la demande que lui adressa le Roi de pro-
noncer l'oraison funèbre de la duchesse d'Orléans. La cérémonie de son sacre eut lieu le 21 septembre suivant, à Pon-
toise, où se tenait l'assemblée générale du clergé de France.
Elle fut faite par Charles-Maurice Le Tellier, archevêque de
Nazianze, coadjuteur de Reims, assisté d'Arnaud de Mouchy
d'Hocquincourt, évêque de Verdun, et de Gabriel de Roquette,
évêque d'Autun. Le sermon d'usage fut donné par l'abbé de
Fromentières, prédicateur ordinaire du roi, qui devait devenir
trois ans plus tard évêque d'Aire; l'orateur s'adressant à Bossuet lui dit : « Qu'il pouvait se féliciter d'avoir eu cet avan-
» tage que les canons ont souhaité aux évêques, d'être promus
» à l'épiscopat par la voix de tous. » A peine investi de ses
nouvelles fonctions et après avoir le lendemain prêté, comme
évêque, le serment d'usage au roi, Bossuet chargea son parent,

messire Hugues Janon, ancien procureur général de la cour des aides du Dauphiné, conseiller du roi et chanoine de Saint-Just de Lyon, d'aller pour lui juger de l'état de son diocèse et en prendre possession. La procuration à cet effet fut retenue le 20 octobre 1670 par Dupuy et de Rizon, notaires de Condom, et Bernard de Bressolles, archidiacre et chanoine théologal, s'y trouva appelé à partager l'honneur dont Bossuet avait déjà investi son parent. C'est en vertu de ce titre que Hugues Janon fit le 9 novembre 1670 son entrée solennelle dans la ville de Condom et que, conjointement avec Bernard de Bressolles, il prit possession du siége épiscopal. Les cérémonies ordinaires furent accomplies; le prévôt du chapitre conduisit par la main le représentant de l'évêque, d'abord au grand autel, qu'il baisa, et ensuite à la chaire épiscopale, dans laquelle il dut s'asseoir. Son premier soin fut de faire publier aussitôt la liste suivante des cas réservés au Pape et à l'évêque :

Excommunications et cas réservés au Pape :

I. Tous ceux qui frappent grièvement les ecclésiastiques, religieux et clercs tonsurés ;

II. Tous ceux qui falsifient les bulles ou lettres apostoliques ;

III. Les boute-feux excommuniés et dénoncés ;

IV. Ceux qui rompent les portes, serrures, murailles ou toits d'une église ou lieu pieux, et après, entrent dedans piller et desrober les biens qui y sont, et ce, estant denoncez ;

V. Les religieux qui sans licence du recteur administrent les sacrements de l'Eucharistie, Extrême-Onction et mariage ;

VI. Les princes ou seigneurs temporels qui contraignent de célébrer en lieux interdits ;

VII. Les excommuniés et interdits qui ne sortent de l'église durant le divin office estans admonestés et ceux qui les empeschent de sortir ;

VIII. Ceux qui commetent simonie reelle et confidence aux ordres ou bénéfices, pourveu qu'elle soit publique ;

IX. Les confesseurs séculiers ou réguliers qui absolvent des cas reservés aux evesques ;

X. Ceux qui entrent dans les monastères des religieuses sans licence et necessité, et les femmes qui entrent aux couvens des religieux, ce qu'il faut entendre dans les deux susdits cas lorsque telle violation de clôture se fait à mauvaise fin;

XI. Toutes les irrégularités et suspensions qui proviennent des crimes publics ou notoires et l'irrégularité qui provient de l'homicide volontaire.

Nota bene. Est à noter que tous les cas reservez au Pape, quand ils sont occultes sont réservés seulement à l'evesque. (Concile de Trente, sess. 24, chap. 6.)

Cas réservés par Monseigneur l'evesque de Condom :

I. L'hérésie tant occulte que manifeste;

II. La magie, auquel cas sont compris les sorciers, enchanteurs, devins et magiciens, ceux qui les consultent et se servent d'eux, et les noueurs d'aiguillette pour empescher la consommation du mariage;

III. Le sacrilége qui se commet : 1° lorsqu'une personne astreinte par vœu solennel à la chasteté, l'enfreint par la connoissance charnelle d'une autre; ou ne l'estant pas, a eu connoissance charnelle d'une personne astreinte par vœu solennel; 2° lorsque dans un lieu sacré on fait notable effusion de sang par quelque violence; 3° lorsque l'Eglise est polluée *voluntaria et culpabili humani seminis emissione;* 4° lorsqu'on desrobbe une chose sacrée en quel lieu que ce soit, ou une chose profane en un lieu sacré; 5° *Si sacerdos cognoverit carnaliter vel sollicitaverit filiam spiritualem;*

IV. Les ecclésiastiques qui auront beu ou mangé par trois fois au cabaret ez lieux de leur résidence, auquel cas est annexée la suspension *ipso facto;*

V. Battre père ou mère, beau-père ou belle-mère et frapper légèrement ecclésiastique ou religieux;

VI. Le duel, auquel cas sont comprins ceux qui font appeler, qui portent l'appel, qui combattent, qui y assistent volontairement, ou qui le conseillent;

VII. Les homicides volontaires et injustes soit par eux-mesmes ou par autruy, ou ceux qui procurent l'avortement des femmes grosses;

VIII. L'inceste au premier ou second degré de consanguinité, et au premier d'affinité spirituelle;

IX. L'adultère ou concubinage public, lequel est suffisamment prouvé en jugement ou tellement notoire qu'on ne le puisse celer dans le voisinage, et le péché de ceux qui par force ravissent l'honneur à une fille ou femme;

X. La sodomie et bestialité, péchés contre nature qui méritent le feu;

XI. L'usure publique prouvée en jugement ou si notoire qu'on ne la puisse cacher;

XII. La fausse monnoye, qui comprend les rogneurs et ceux qui la débitent;

XIII. Les incendiaires ou boute-feux et ceux qui les conseillent, et ce, avant qu'ils soient dénoncez; car après, le cas est réservé au Pape;

XIV. Les notaires et tesmoins qui faussement font des testaments, donations et autres actes, et qui cachent les légats qui ont esté faits pour choses pies (1).

Le lendemain, d'après les instructions de Bossuet, tous les dignitaires du diocèse étaient établis. Bernard de Bressolles était nommé vicaire général, présenté et reçu en cette qualité par le chapitre; il était aussi pourvu de l'officialité, dont était relevé Antoine de Cous, chanoine et archidiacre. Jean Lagutère recevait le titre de promoteur, et Raymond de Latournerie, celui de vice-gérant de l'officialité.

Les services ainsi organisés et confiés à des hommes choisis avec soin par l'évêque, celui-ci ne tarda pas à être instruit des abus nombreux et des singuliers relâchements qui régnaient dans le diocèse. Pour y mettre un terme, Bossuet arrêta de remettre en vigueur les anciennes ordonnances, tombées partiellement en désuétude. Tous les vicaires, prêtres et religieux, durent se pourvoir de nouvelles approbations valables seulement pendant six mois; ce temps expiré, elles devaient être renouvelées pour une période égale; quelques-unes pouvaient être données pendant un an, mais avec la réserve expresse *nisi revocentur*. Les chanoines, curés, clercs, bénéficiers et initiés aux ordres, non résidants, furent sommés, sous peine de privation de revenus, de suspension et même de prison, de

(1) Documents manuscrits du XVIIᵉ siècle.

réintégrer les chefs-lieux de leurs paroisses ou bénéfices et reçurent la défense de s'en absenter jamais sans autorisation expresse. Injonction leur fut faite sous peine de prison de porter les marques de leur état, savoir : dans les villes et bourgs fermés ou lieux de résidence, la soutane et le manteau long; en voyage, une soutanelle descendant au-dessous du genou avec une casaque noire. La tonsure fut imposée à tous : ils durent renoncer aux cheveux longs et aux moustaches « soit » grosse, soit relevée à la façon des séculiers, à cause des » inconvénients qui peuvent en résulter pour la communion. » Les gants parfumés ou ornés de rubans furent interdits, ainsi que la faculté de porter des bagues aux doigts. La peine de suspension des ordres, offices et bénéfices, était prononcée contre ceux qui s'enivreraient; si cette faute était commise dans les cabarets, la peine était la prison avec le régime au pain et à l'eau. Défense était faite à tous « de se licentier dans » les cabarets, tavernes et autres lieux ou l'on vend vin, bière » et tabac; » d'assister aux spectacles et jeux publics, parties de cartes, de dez ou de chasse « qui se fait avec cris, bruits, » port d'arquebuze et en danger de tomber dans quelque » irrégularité. » Ceux qui iraient dans les bals publics ou particuliers pour y danser ou y assister encouraient la peine de l'emprisonnement, et ceux qui s'y rendraient masqués devaient *ipso facto* être frappés d'excommunication. Ces règlements soulevèrent, dès qu'ils furent publiés, un mécontentement qui se traduisit bientôt par une sourde résistance. Pour remédier à cet état de choses, l'évêque donna ordre à son vicaire général de réunir un synode où seraient publiées ses ordonnances particulières. Ce synode fut tenu en la forme ordinaire le 16 juin 1671, sous la présidence de Bernard de Bressolles, Lagutère remplissant les fonctions de promoteur, et Champêtre, celles de secrétaire.

La première ordonnance publiée eut pour but d'obliger les curés à tenir des vicaires, qu'ils avaient supprimés presque partout dans un but d'économie. En voici le texte :

Bernard de Bressolles, prêtre, chanoine théologal et archidiacre de l'église cathédrale de Condom, vicaire général d'Illustrissime et Révérendissime père et seigneur Jacques Bénigne Bossuet, Evêque et Seigneur de Condom, sur ce qui Nous a été représenté par le promoteur du présent diocèse, qu'il y a des curés obligés d'entretenir un ou plusieurs vicaires pour le service de leurs églises qui négligent depuis longtemps de s'en pourvoir bien qu'il leur ait été enjoint par ordonnances de visites et autres : Nous, pour remédier à cet abus, avons, à la réquisition de notre promoteur, ordonné et ordonnons à tous ses curés du présent diocèse obligés de tenir un ou plusieurs vicaires pour le service de leurs églises, de s'en pourvoir incessament et de nous les présenter pour être examinés et approuvés, et jusqu'à ce qu'ils y aient satisfait, voulons que les dits curés soient tenus de payer à l'œuvre de l'église la même rétribution qu'ils donneraient à leurs vicaires, laquelle Nous avons réglé à la somme de 150 livres par an, moitié pour être distribuée aux pauvres des lieux, et l'autre moitié applicable aux réparations des églises, à la décharge des habitants, à proportion néantmoins du temps qu'ils demeureront sans vicaires, auquel payement ils seront contraints par toutes voyes raisonnables à la diligence du dit promoteur, même par saisie de leur temporel, imploré le bras séculier.

Fait à Condom le 16 juin 1671, BRESSOLLES, vicaire général.

Lue et publiée en synode le dit jour, et ce requérant le dit promoteur.

CHAMPÈTRE, secrétaire.

La deuxième ordonnance, qui avait trait au service général du diocèse, fut imprimée à Agen en 8 pages in-12, et depuis l'impression fut annotée en marge de la main même de Bossuet. La copie de ces annotations, écrite de la main du promoteur Lagutère, est couchée sur le verso du premier feuillet de l'exemplaire imprimé des ordonnances qui est en notre possession. Nous donnons ici le texte original, avec les annotations de Bossuet qui ont été signalées par M. Floquet, mais qui sont encore inédites :

Ordonnances de Monseigneur l'Evesque de Condom publiées en synode le 16 juin 1671. (Au dessous les armes de Bossuet, et plus bas : à Agen par Jean Gayav, imprimeur ordinaire du Roy et du Clergé, 1671.)

Bernard de Bressolles, prestre, docteur en théologie, chanoine théologal et archidiacre en l'église cathédrale de Condom, vicaire général et official d'Illustrissime et Révérendissime Père et Seigneur, Monseigneur Jacques Bénigne Bossuet, par la grâce de Dieu et du S. Siège apostolique, Evesque et Seigneur de Condom, Conseiller du Roy en ses conseils et Précepteur de Monseigneur le Dauphin : A tous les Ecclésiastiques et à tous les Fideles de ce diocèse, salut.

Comme les Evesques ne peuvent mieux témoigner l'amour (que le S. Esprit répend dans leurs cœurs) pour le Troupeau qui leur est commis d'en haut, que par le restablissement de la Discipline : Monseigneur l'Evesque de Condom absent de corps, pour des raisons dont l'importance est connue, mais présent d'esprit avec nous, par le lien de la Charité, et par la sollicitude pastorale, désirant de suivre l'exemple de ses Prédécesseurs : a creu qu'il estoit utile de nous adresser ces Ordonnances, que nous publions par son Ordre exprès, afin de donner quelque commencement au Règlement de la vie Ecclésiastique, d'où dépend l'édification et la sanctification des peuples.

I. Comme le S. Concile de Trente n'admet à la Tonsure, que ceux qui non seulement sçachent lire, et escrire, mais qui donnent par leurs bonnes mœurs, une espérance bien fondée, qu'ils rendront à Dieu un service agréable dans l'ordre Ecclésiastique, Nous afin que les bonnes inclinations des enfans, que l'on présente à l'Eglise, puissent estre mieux reconnues, et qu'aussi ils puissent avoir quelque connoissance plus grande des Saints Ministères, ausquels ils sont destinés, Avons Ordonné et Ordonnons, qu'aucun ne sera receu à la Tonsure avant l'âge de douze ans, en rapportant des Certificats en bonne forme, tant des Curés des Paroisses où ils résident, que des Maistres qui les enseignent, par lesquels Nous soyons deuement certifiés de leurs bonnes dispositions pour les Lettres, et principalement de leur modestie, et de leur piété, par la fréquentation des Saints Sacremens, et par l'assiduité aux Offices Divins.

II. Nous ne recevrons aux Ordres Mineurs, que ceux qui auront donné des marques plus expresses de leur vocation, en assistant

autant que faire se pourra, en surplis (1), au service divin, principalement les Dimanches et Festes solennelles, soit dans les Eglises
Parroissialles, soit dans celles ou ils pourront estre attachés par
leurs bénéfices : et nous rapportant de nouveaux Certificats de leurs
progrès, tant dans la piété que dans les Lettres.

III. Aucuns Ecclésiastiques ne seront promeus aux Ordres Sacrés,
qu'ils ne Nous rapportent pareils certificats, tant de leur vie Ecclésiastique et Régulière, que de leur avancement dans les sciences
convenables à leur profession : et qu'en outre, n'ayent esté du moins
six mois avec édification dans un Séminaire, qui leur sera par Nous
indiqué, de quoy ils nous rapporteront pareillement des certificats
du Supérieur : Nous reservant de les soumettre à de plus longues
espreuves lorsque Nous le trouverons nécessaire, pour un plus par-
fait rétablissement de la discipline Ecclésiastique.

IV. Enjoignons à tous Ecclésiastiques promeus aux Ordres Sacrés de se conformer aux dispositions du *chap. 2, tit.* de la Vie et
Conversation des Gens d'Eglise, des Statuts de ce Diocèze publiés
dans le Synode général, par feu Monseigneur Charles Louys de
Lorraine d'heureuse mémoire, le 10 avril 1663, déclarant que Nous
procèderons par les voyes de droit contre les contrevenans et cou-
tumaces.

V. Nous enjoignons pareillement à tous chanoines, curez et
vicaires et autres bénéficiers obligez à résidence, de résider actuel-
lement en leurs paroisses, et lieux de leurs bénéfices, à peine de
prison, et de privation des fruits à proportion de leurs absences,
sans qu'ils puissent s'excuser sur quelque prétexte que ce soit; ny
sur le défaut de logement, attendu les fréquentes monitions qui leur
en ont esté faites, même par les statuts synodaux, de faire les poursuites et diligences nécessaires, à quoy ils n'ont obéy; et ce sans
déroger aux peines portées par le *chap. 3, tit.* de la résidence des
statuts cy-devant rapportés.

VI. Nous ordonnons à tous curez et vicaires de faire des Instructions et Catéchismes, les Dimanches et Fêtes, devant ou après la
Messe, ou même pendant la Messe après le Prosne; et ce en langue
vulgaire aux Paroisses champestres, et autres lieux où besoin sera,

(1) **Note manuscrite de Bossuet sur l'original :**

Il n'est à propos qu'ils portent le surplis, n'ayant pas encore reçeu
l'habit Ecclésiastique.

à peine de désobéyssance, exhortant les prédicatenrs à prendre un jour de la semaine pour faire l'après-disnée de semblables instructions durant le temps de leurs stations.

VII. Deffendons à tous prestres séculiers ou réguliers de prescher ny d'administrer les Sacremens, sans approbation de Nous par escrit, et au-delà du terme qui y sera limité (1). Révoquant toutes celles cy-devant données, à peine de suspension, et deffendons à tous les curez, supérieurs, séculiers et réguliers, sacristains, vicaires et autres de les y admettre sur pareille peine.

VIII. Nous révoquons les *bis in die*, qui se sont introduits dans ce diocèse; à commencer trois mois après la publication des présentes : et jusqu'à ce qu'il nous ayt paru de la nécessité de les rétablir pour un certain temps, aux lieux où besoin sera, conformément aux saints canons.

IX. Voulons qu'à l'avenir soient tenues des conférences et des congrégations en chaque Archiprestré (2); sur la Sainte Escriture et sur la Théologie, cas de conscience, administration des Saints-Sacremens, et autres matières concernant les fonctions ecclésiastiques,

(1) **Note manuscrite de Bossuet sur l'original :**

Le temps pourra estre limité à un an pour ceux dont les capacités seront bien connues avec mention expresse que lesd. pouvoirs pourront estre révoqués quand il nous plaira; ce que nous ne fairons sans cause grave à nous bien connue. M. le Grand vicaire donnera les pouvoirs en ces termes ou approchans, et c'est ainsi qu'il se pratique, mais au reste il en usera paternelement avec les religieux et traitera avec toute sorte d'honnesteté ceux qui seront soumis.

(2) **Note manuscrite de Bossuet sur l'original :**

M. le Grand vicaire advisera avec la congrégation aux moyens d'exécuter cette ordonnance et m'en envoiera les projets en cas qu'il s'y trouve quelque difficulté considérable, sinon on commencera l'exécution par les endroits les plus proches et les plus commodes pour servir de modèles aux autres, où cet esprit se répendra peu à peu: quant à la multiplication des Archipretrez, Monsieur le Grand vicaire m'expliquera plus particulièrement sa pensée.

pour en estre rendu compte à Nous ou à ceux qui seront spécialement commis et députez pour cela; lesquelles congrégations se fairont dans les temps par Nous marquez, en la forme prescrite dans les statuts de ce diocèse *Chap. II, tit.* des assemblées et conférences et autres règlemens qui seront par Nous dressez.

X. Voulons aussi qu'il soit incessamment procédé à la réparation des églises paroissielles à l'effet de quoy en sera fait une visite et rapport exact par Nous, ou autres commissaires à ce députez, pour sur nos procez verbaux, ou sur ceux des commissaires, estre procédé au rabais à ces réparations, les contribuables deuement appelez; sera pareillement procédé à la visite des ornemens et autres choses nécessaires pour le service divin, afin d'y estre pourveu ainsi qu'il appartiendra.

XI. Seront au surplus gardées et observées les anciennes ordonnances et les derniers statuts synodaux, selon leur forme et teneur, et sur les peines y contenues : sauf à y adjouter selon les temps et occasions, ce qui sera trouvé nécessaire pour rétablir la discipline canonique.

Bressolles, vicaire général.

Cette ordonnance donna lieu à des difficultés et à des procès que nous examinerons plus loin, mais qui tournèrent, ainsi qu'on le verra, à l'avantage de Bossuet.

La troisième ordonnance, dans l'ordre des publications, avait trait à la forme et à la tenue des conférences ecclésiastiques. En voici le texte :

Bernard de Bressolles... etc... Monseigneur de Condom ayant reconnu la nécessité des conférences et congrégations dans son diocèse tant pour l'instruction de Messieurs les curés et autres ecclésiastiques que pour celle des peuples qui leur sont commis, Nous a très estroitement recommandé de les establir et d'en dresser des règlemens nécessaires et convenables. A quoy satisfaisant, de son consentement et approbation, Nous ordonnons :

I. Que les conférences se tiendront une fois chaque mois dans toute l'estendue du diocèse suivant le partage et distribution qui en a esté faiste, auxquelles seront tenus d'assister tous Messieurs les Curés, Vicaires et autres Ecclésiastiques habitans dans les paroisses, et en cas d'absence, maladie, ou autre empeschement légitime, envoyeront leur excuse par escrit au secrétaire de la Congrégation avec la résolution aussi par escrit des matières qu'on aura marqué pour la dite conférence, et ledit secrétaire sera tenu de nous donner advis tous les mois des absens ou négligens affin que nous y apportions du remede, et nous envoyera pareillement par escrit le résultat des points qui auront esté décidés, affin que rien ne se fasse et ne se pratique dans toute l'estendue du diocèse qui n'ayt esté veu et examiné par Nous en la congrégation establie par Monseigneur de Condom en la présente ville et trouvé conforme aux règles de l'Evangile, Saints Canons et Discipline Ecclésiastique. Nous assisterons auxdites Congrégations autant qu'il nous sera possible, ou y envoyerons quelqun à notre place; nous exhortons aussi tous les Ecclésiastiques des lieux et bénéficiers, surtout ceux qui sont dans les ordres sacrez, d'assister aux conférences en habit décent avec leur soutane.

II. Tout le diocèse sera divisé pour lesdites conférences en douze congrégations, affin de faciliter à tous les Ecclésiastiques le moyen d'y pouvoir assister plus commodément; ordonnons que le premier jeudy de chaque mois se tiendront celles de Condom, Forcès, Mézin et Francescas; le deuxième jeudy, celles de Larromieu, Laplume, Sainte-Colombe et Estafort; le troisième jeudy, celles de Dunes, Nérac et Bruch; le quatrième, celles du Mas, Damazan et Villefranche; et ce, à commencer le mois de juillet prochain : à chacune desquelles il y aura un vicaire forain pour y présider en nostre absence et un secrétaire pour y escrire tout ce qui y sera arresté, tels qu'ils seront marqués dans les estats desdites conférences remis aux secrétaires d'icelles avec la coppie des présens règlemens pour y avoir recours et être observés exactement, et en cas que lesdits jeudys seroient empeschés par des festes chômables ou autrement, ou qu'il fist mauvais temps, elles seront remises au lendemain.

III. Les conférences se tiendront dans les églises parroissielles, commenceront à midy et dureront deux heures ou environ. Plus tôt de les commencer, on dira à genoux le *Veni Creator* avec le verset et oraison *Deus qui corda*, et à la fin une antienne, verset et oraison de la Vierge selon le temps. Les matières qu'on y traittera seront de la foy, de la morale chrestienne, des sacrements, de la disposition pour les bien recevoir et administrer, des moyens de s'advancer en la vertu et de procurer le salut du prochain, de la manière de bien faire les fonctions ecclésiastiques et les cérémonies. Tous seront assis pendant la conférence et ne se lèveront pas pour respondre sinon que Monseigneur y assistât. Celuy qui tiendra ladite conférence se découvrira à un chacun demandant son advis et prendra garde que tous parlent par rang selon qu'ils se trouveront assis, sans s'interrompre, sans confusion ny contestation; et le vicaire forain sera assis à la dernière place, affin d'oster par cette humilité les contestations qui pourroient naistre pour raison de la presséance. Après qu'on aura suffisament traicté du subjet proposé pour la dite conférence, il sera permis à un chacun de proposer les cas particuliers ou difficultés qui luy seront survenues depuis la dernière conférence; et celuy qui y présidera, demandera sur ce les advis de tous les assistants. Que si le cas est important, considérable, et si plein de difficulté qu'on ne puisse convenir de sentiment, la question nous sera envoyée par le secrétaire pour en avoir la décision. A la fin de la conférence, le vicaire forain exposera nos responses touchant les matières de la conférence précédente, et ensuite lira les points qui devront servir de subjet à la suivante.

BRESSOLLES, vicaire général.

Cette dernière ordonnance fut adoptée au fond, malgré quelques protestations dont sa forme fut l'objet. Les dispositions en étaient aussi sages que faciles dans leur application, et c'est par elles que Bossuet voulait rétablir l'œuvre si importante des conférences diocésaines. L'assemblée synodale les accepta et s'empressa de former l'état des paroisses qui serviraient de chef-lieu et de celles qui y seraient convoquées. Cette répartition nous paraît présenter non-seulement un intérêt religieux, mais encore un intérêt historique et géographique, puisqu'elle fait connaître d'une manière précise le nombre et le nom des paroisses qui composaient dans cette période du XVIIe siècle le diocèse de Condom; aussi la reproduisons-nous en note telle que nous la trouvons dans un vieux manuscrit (1).

(1) *Estat des conférances et congrégations ordonnées au synode teneu le 16 juin 1671 conformément a·x ordonnances y publiées.*

Le premier jeudy du mois.

1re *Conférence.* — CONDOM.

En laquelle Messieurs du chapitre sont exhortés vouloir assister et seront tenus de venir tous les curés et autres ecclésiastiques et vicaires.

M. l'archiprêtre et ses vicaires.　　　　Sainte-Eulalie
MM. les curés et vicaires de :　　　　Saint-Orens

Les deux dispositions principales des ordonnances dont nous avons publié le texte étaient, ainsi qu'on a pu s'en con-

Goalard	Caussens
Pujos	Cassagne
Grazimi	Larresingle.
Cannes	

2e *Conférence.* — FORCÈS.

Messieurs les curés et vicaires de :

Forcès	Villeneuve
Larroque	Euz
Beaumont	Luzanet
Monréal	Laspeyres.
Corneillan	

    Vicaire forain : M. le curé de Forcès.
    Secrétaire :   M. le curé de Monréal.

3e *Conférence.* — MÉZIN.

Messieurs les curés et vicaires de :

Mézin	Poudanas
Réaup et Lisse	Andiran
Fieuze et Casaugran	Marcadis
Trignan	Artigues
Teux et Saint-Aumely	Lanne et Cazaux.

    Vicaire forain : M. le curé de Mézin.
    Secrétaire :   M. le curé de Réaup.

4e *Conférence.* — MONCRABEAU.

Messieurs les curés et vicaires de :

Francescas	Vicnau
Moncrabeau	Lialores
La Serre et La Hite	Fieux
Gardère	Calignac.
Saint-Sericy	

    Vicaire forain : M. le curé de Moncrabeau.
    Secrétaire :   M. le curé de Saint-Sericy.

Le deuxième jeudi du mois.

5e *conférence.* — LARROMIEU.

Messieurs du chapitre de la ditte ville et bénéficiers sont priés de vouloir y assister et seront tenus d'y aller; Messieurs les curés et vicaires de:

Larromieu	Goubbes
Castelnau	Belmont
Tersens	Laplaigne
Gazaupouy	Aurens.
Ligardes	

    Vicaire forain : M. Castaing, chanoine dudit Larromieu.
    Secrétaire :   M. Lauron, curé de Tersens.

6e *conférence.* — LA PLUME.

Messieurs les curés et vicaires de :

La Plume	Le Saumon
Lamonjoye	Daubèze
St-Hilaire de Vilars	Pleichac
Baulens	Moncaup
Le Nomdieu	Estilhac.

vaincre, relatives l'une à la résidence des ecclésiastiques,
l'autre au rétablissement des conférences. Si celle-ci fut

Vicaire forain: M. l'Archiprêtre de La Plume.
Secrétaire : M. Du Moulia, curé du Saumon.

7e *conférence*. — STE-COLOMBE.

Messieurs les curés et vicaires de :

Ste-Colombe
Montaignac
Sérignac
Réquin

Brax
Roquefort
Goalart près Garonne
Dolmairac.

Vicaire forain: M. Limosin, curé de Ste-Colombe.
Secrétaire : M. le curé de Sérignac.

8e *conférence*. — ESTAFFORT.

Messieurs les curés et vicaires de :

Estafort
Moirax
Aubiac
Agudets
Brimont et Marmont
Taillac

Amant et Goulens
Layrac
Fails
Paraiz
Païchas

Vicaire forain: M. Argelos, curé d'Aubiac.
Secrétaire : M. le curé d'Estaffort.

Le troisième jeudi du mois.

9e *conférence*. — DUNES.

Messieurs les curés et vicaires de :

Dunes
Auvillar
Donzac
St-Loup
Caudecoste

Le Double
Criq
Barbonvieille
Rouilhac
St-Denis.

Vicaire forain: M. Desmonges, curé de Donzac.
Secrétaire : M. Lafont, curé d'Auvillar.

10e *conférence*. — NÉRAC.

Messieurs les curés et vicaires de :

Nérac
Lalanne
Le Fréchou
Asquets
Argentens
Béréchan

Lavardac
Laussignan
Pompiey
Pouy-Fort-Aiguille
Durance.

Vicaire forain: M. le curé de Nérac.
Secrétaire : M. Lamothe, curé de Lavardac.

11e *conférence*. — BRUCH.

Messieurs les curés et vicaires de :

Bruch
Montesquieu
St-Laurens
Espiens
Menaux et Limont

Fengaroles et Touars
Calezun
Vianne
Le Grangier de Vianne.

Vicaire forain: M. le curé de Montesquieu.
Secrétaire : M. le curé de Vianne.

adoptée par le synode sans opposition sérieuse, il n'en fut pas de même de la première. Le haut clergé du diocèse de Condom, privé depuis longtemps de son évêque et habitué dès lors à ne relever dans une certaine mesure que de lui-même, ne crut pas devoir accepter l'obligation de la résidence. Le chapitre notamment, par l'organe de M. Dubernet, son syndic, fit une opposition violente aux prescriptions épiscopales et chargea Laboupillère, notaire royal, de la revêtir des formes exigées par la loi. Elle était dirigée contre l'ensemble des ordonnances, qui, d'après le chapitre, auraient dû lui être préalablement communiquées; mais elle n'avait en réalité d'autre but que de faire supprimer l'article relatif à l'obligation de résider sous peine de prison, ainsi

Le quatrième jeudi du mois.

12e *conférence.* — **DAMAZAN.**

Messieurs les curés et vicaires de:

Damazan	Monhurt
Saintarailles	St-Léon
Buzet	Ambruch
Granger de Fonclare	St-Paul de la Brèze
Monluc	Vilaton.

Vicaire forain : M. le curé de Damazan.
Secrétaire: M. le curé de Buzet.

13o *conférence.* — **VILLEFRANCHE.**

Messieurs les curés et vicaires de :

Villefranche	Auzex
Allon et Gouts	St-Pé Dulamon
Sauméjan	Puths de Gontaut
Pindères	Miranes et Coutures
Houillès	Le Sendat
Hargues et Ste-Pompogne	

Vicaire forain: M. le curé de Hargues.
Secrétaire: M. le curé d'Auzex.

14e *conférence.* — **LE MAS D'AGÉNOIS.**

Messieurs du chapitre sont priés d'y assister; et y seront tenus Messieurs les curés et vicaires de:

M. l'Archiprêtre du Mas	St-Géni et Labastide
Calonges	Ste-Marthe
Razimet	Le Grezet
Moncassin	Ste-Gemme
Fourques	Notre-Dame-des-Prez
Caumont	St-Martin-de-Esquel.

Vicaire forain : Un député de MM. du chapitre.
Secrétaire :   M. Mirgail, curé de Ste-Marthe.

que le prouve l'exploit du 8 juillet, en vertu duquel Bossuet, sur appel comme d'abus, se vit assigné devant le parlement de Bordeaux. Cette mesure ne fit qu'affermir l'énergie de l'évêque; il approuva de tout point la conduite de son vicaire général, exécuteur de ses ordres formels, et affirma sa volonté bien arrêtée de ne céder en rien aux exigences du chapitre, quoiqu'un arrêt rendu sur les conclusions du syndic Dubernet intimât défense au prélat de rien faire au préjudice de l'appel interjeté de ses ordonnances. Bossuet écrivit alors à Bernard de Bressolles; il lui manda combien le procédé des chanoines à son égard lui paraissait inconvenant; il leur fit demander une fois de plus de se désister de leurs prétentions afin d'éviter un plus grand éclat; mais ceux-ci s'y refusèrent dans le secret espoir que leur évêque ne tarderait pas, aïnsi que la nouvelle prématurée s'en était répandue, à donner sa démission. Cette dernière tentative d'apaisement n'ayant pas abouti, Bossuet cessa toute correspondance avec ceux auxquels le bruit de sa retraite semblait assurer la victoire, et le 25 septembre il se pourvoyait par requête devant le conseil d'état, après avoir présenté au Roi un mémoire explicatif de sa conduite et de ses actes.

Voici le texte de ce mémoire, que nous publions comme un supplément à toutes les collections des œuvres de Bossuet; car il est resté jusqu'à ce jour inédit, quoique cité par M. Floquet et par l'abbé Réaume:

Sire, le prétendu appel comme d'abus des ordonnances du Seigneur Evesque de Condom publiées en synode le 16 juin dernier et interjetté par le chapitre de l'église cathédrale de Condom en votre cour du parlement de Bordeaux et duquel votre Majesté a évoqué à soi la connaissance, a deux chefs principaux qui font toute la contestation présente entre les partis. Le premier est que lesdites ordonnances ont été faites sans l'avis dudit chapitre, et le deuxième en ce que dans l'article V il est enjoint aux chanoines et aux autres bénéficiers obligés de droit à la résidence, de résider à peine de privation des fruits de leur temporel à proportion de leur absence et même de prison contre les controvenants. Dans ces deux chefs il n'y a nul prétexte ni lieu d'appel comme d'abus.

Pour le regard du premier, il ne faut que remarquer comme quoi ledit Seigneur Evesque n'a fait que suivre la pratique et l'état présent auquel il a trouvé le diocèse, puisque les évesques ses devanciers en ont usé de la sorte et n'ont pas fait leurs ordonnances synodales de l'avis dudit chapitre ainsi que le prétend le syndic; ce qui toutefois devrait avoir esté fait pour servir de fondement audit appel comme d'abus interjetté par ledit syndic. Pour quoi justifier il ne faut que voir les ordonnances du feu sieur de Lorraine, dernier évesque de Condom, publiées au synode tenu le 10 avril 1660, dans lesquelles il n'est pas porté qu'elles aient esté faites de l'avis dudit chapitre et à la publication desquelles il n'y eut pas d'opposition de la part dudit syndic; et ce qui est à considérer, c'est que après avoir esté imprimées le mois de décembre suivant, elles furent de nouveau lues, publiées et enregistrées en la cour de l'officialité de Condom, ce requérant Me Jean-Aymard Dudrot, chanoine dudit chapitre et promoteur, et Me Antoine Decous, chanoine archidiacre en ladite église et official. Le seigneur Destrade, aussi évesque de Condom, fit pareillement publier ses constitutions synodales le 13 avril 1849, au synode par lui tenu ledit jour sans qu'il soit porté : avoir esté faites de l'avis dudit chapitre, et sans aucune opposition à la publication d'icelles, ainsi qu'il se justifie par l'acte synodal portant ladite publication, et ledit acte même souscrit par les sieurs Deçous, prévost et chanoine, Dupuy, chanoine et archidiacre, et le sieur Desmonges, chanoine et député du chapitre. Auparavant, le seigneur Decous, évesque de Condom, fit aussi publier ses constitutions synodales aux synodes tenus le 12 may 1625 et 6 may 1626, 13 avril 1627 et 9 avril 1630 sans qu'il soit énoncé : avoir esté faites de l'avis dudit chapitre, et sans opposition à la lecture et publication d'icelles, comme se voit par l'acte synodal du 9 avril audit an 1630, signé aussi desdits chanoines. Et pour justifier pleinement que c'est la pratique dudit diocèse que les seigneurs évesques fassent leurs ordonnances pour la conduite et police dudit diocèse sans l'avis du chapitre même dans les cas qui le touchent en particulier, il ne faut que voir l'ordonnance faite par le seigneur Decous, évesque, contre lesdits sieurs du chapitre, servant de règlement à diverses contestations entre lesdits chanoines, sans qu'en icelle soit dit : de l'advis du chapitre, en date du 10 octobre 1635, avec la signification faite par le secrétaire dudit évesque au synode, sans que de ladite signification soit relevé appel par ledit syndic. Plus autre du même contre le sieur Dupuy pour les honneurs et préséances dans ladite église cathédrale sans qu'il y soit non plus ajouté : de l'avis du chapitre, en date du 11 décembre 1635, avec la signification pareillement audit syndic sans déclaration d'appel. Plus encore autre ordonnance faite par ledit seigneur Decous, évesque, pour raison de l'oraison de quarante heures sans qu'il soit énoncé : de l'avis du chapitre, en date ladite ordonnance du 2 août 1636. Il y en a une quatrième servant de règlement pour la célébration des messes qui se doivent dire les dimanches dans l'église cathédrale, à quoi le chapitre pouvoit prétendre intérêt, sans qu'il y soit exprimé : de l'avis du chapitre, ladite ordonnance faite par le seigneur Decous, évesque, en date du 16 juillet 1639, avec la signification faite au syndic du chapitre sans aucune déclaration d'appel. Toutes lesquelles pièces justifient assez de l'usage du diocèse, et que ledit Seigneur Evesque est en possession et partant n'y avoir aucun fondement à l'appel comme d'abus interjetté par ledit syndic.

Pour le second chef fondé sur le cinquiesme article de ladite ordonnance portant injonction aux chanoines et autres bénéficiers de résider, sous peine de prison, attendu les précédentes monitions et contumace, il y a encore moins de prétexte pour y fonder un appel comme d'abus ainsi que le fait le chapitre. Car, à bien examiner ladite ordonnance et dans le principe de ceux qui ont traicté plus favorablement des appels comme d'abus au préjudice du droit et de la véritable juridiction et discipline ecclésiastique, il est certain qu'aux termes de la vérité de ladite ordonnance il ne peut y en avoir : 1° ou en ce que cette peine de prison n'est pas canonique; 2° ou bien étant qu'en ce qu'elle est décernée contre les canons; 3° ou bien enfin en ce que le Seigneur Evesque de Condom n'est pas fondé de jurisdiction à la pouvoir décerner contre lesdits chanoines; car si le syndic prétendoit simplement n'y avoir lieu à la décerner dans ce cas contre les chanoines, ce n'étoit pas un fondement légitime pour avoir interjetté appel comme d'abus puisqu'il n'y a rien d'ordonné contre les saints décrets, les conciles et ordonnances royaux, mais il eût fallu dans ce cas se pourvoir par appel au supérieur du Seigneur Evesque *tanquam à gravamine*. Mais il est très constant : 1° que la prison est une peine canonique; 2° qu'elle n'est pas décernée contre les conciles et *contra mentem canonum;* 3° que le Seigneur Evesque est fondé de jurisdiction à la pouvoir décerner contre lesdits sieurs chanoines, et par conséquent qu'il n'y a rien d'abusif audit article 5 de ladite ordonnance, et que mal à propos ledit syndic en a relevé appel comme d'abus duquel il doit être démis avec dépens et amende.

I. La prison est une peine canonique, c'est ce qu'on ne peut nier par les textes formels du droit canon, et c'est ce qui a donné lieu à nos docteurs canonistes de dire que la prison a esté inventée : 1° *aut pro custodia;* 2° *aut pro afflictione;* 3° *aut quando judex intendit quod carcer succedebat in locum pœnæ;* 4° *in pœnam quæ datur per sententiam.* Zerola *in praxi episcopali* v° *carcer*, et Dias, en sa pratique criminelle, dit fort à propos au sujet présent, chapitre 116 : *Clericorum correctio sicut non passim nec leviter facienda est, sic nec dum casus exigit omittenda, eos namque plus solet punire quam custodire carcer; in pluribusque delictis illa est præcipua et utilior pœna quæ nulla valet appellatione reparari*, et c'est dans cet esprit que cette peine a esté imposée pour corriger le mépris fait par cy-devant d'obéir aux diverses monitions faites sur ce sujet de la résidence par les seigneurs évesques prédécesseurs ainsi qu'il est porté par ledit article 5 de ladite ordonnance, et ce par une voye plus courte et plus efficace que la privation des fruits dans laquelle il y survient tant de discussions à faire. Par conséquent il n'y a pas lieu d'appel comme d'abus à raison de la peine imposée puisqu'elle est canonique.

II. Cette peine de prison n'est pas décernée contre les conciles ny les saints décrets pour fonder ledit appel comme d'abus. Il est vray qu'elle n'est pas ordonnée formellement dans le concile de Trente, dans le chapitre où il est traicté de la résidence; mais puisqu'il laisse à la discrétion de l'ordinaire d'en prescrire telle que de droit selon qu'il le jugera à propos, *si expediens videbitur opportunis juris remediis residere cogantur*, la peine de prison étant canonique a pu être décernée par cette clause qui laisse au pouvoir des ordinaires d'en prescrire telle que de droit, et le concile provincial de Bordeaux de l'an 1582, au chapitre de la résidence, après avoir prescrit la peine de privation des fruits contre les non résidents, laissa aussi à la liberté des ordinaires de se servir d'autres remèdes de droit, *aliaque juris remedia*. Et pour montrer que la peine de la prison contre les chanoines n'est pas contraire aux saints canons, il ne faut que lire le concile provincial de Tours de l'an 1583 approuvé par le pape Grégoire XIII, lequel, au chapitre des dignités et chanoines, deffend nommément aux chanoines et autres ecclésiastiques sous peine de prison de porter des chausses déchiquetées, et ensuite parlant de leur résidence veut que les négligents soient privés de la moitié de leurs fruits, et ajoute : « Pourront néantmoins estre mulctés de autre » plus sévère peine si leur estat le requiert. » Partant ledit Evesque n'a rien fait de contraire aux canons par l'injonction de résidence aux chanoines sous peine de prison, puisqu'elle leur est décernée par ledit concile pour le port de chausses déchiquetées et qu'il permet d'en imposer d'autres plus sévères que la privation des fruits.

III. Ledit Seigneur Evesque par l'establissement de la peine de la prison n'a rien fait contre son droit, puisqu'il est fondé en toute sorte de jurisdiction contre le dit chapitre et chanoines, et par exprès à les pouvoir emprisonner. Pour quoy justifier, il est à remarquer que le chapitre de Condom étant régulier et de l'ordre de St Benoist, désirant passer dans l'état séculier, par leur concorde intervenue pour raison de ce entre le seigneur Charles de Pisseleu, lors évesque de Condom, et le prieur claustral et religieux de la dite église cathédrale, ledit accord en date du 4 mars 1546, il est porté par exprès que ledit prieur claustral transmet toute sa jurisdiction en la personne dudit Seigneur Evesque : *Ac prædictus prior claustralis nominibus prædictis renuntiavit et renuntiat jurisdictioni dictæ ecclesiæ priori pro tempore existenti, competenti in personas religiosorum ejusdem ecclesiæ Condomiensis, hujusmodi jurisdictionem in eumdem Reverendum Episcopum et ejus successores transferendo.* De telle sorte que le Seigneur Evesque ayant toute la jurisdiction sur les chanoines, il a droit d'user de prison lorsque le cas y écheoit. C'est ce qui est porté formellement dans la même concorde : *In causa criminali aut alias ubi opus erit carceribus contra aliquem ex prædictis canonicis seu dignitatibus et habitualis, dictus Reverendus Episcopus seu ejus generalis vicarius prædictus propriis carceribus qui sunt in capitulo utetur.* C'est pourquoy la bulle de leur sécularisation, qui est comme le titre primordial servant de fondation audit chapitre et chanoines, parle dans les mêmes termes touchant la jurisdiction du Seigneur Evesque : *In causa vero criminali aut alias ubi carceribus opus fuerit seu foret contra aliquem ex prædictis dignitates obtinentibus, canonicis et aliis beneficiatis, ministris, officiariis et habitualis ministris, pro tempore existens episcopus seu ejus vicarius propriis carceribus qui sunt in capitulo utetur.* Ledit Seigneur Evesque a été confirmé dans ce droit et jurisdiction par arrêt extraordinaire du parlement de Toulouse du 19 aoust 1615 rendu entre ledit syndic dudit chapitre de Condom et le seigneur Duchemin, lors évesque de Condom, lequel avoit toutes ses causes commises audit Parlement. Aussi le seigneur de Lorraine, évesque de Condom, usant de ce droit dans ses constitutions synodales, desquelles il n'y a pas eu d'appel, en l'article 62 enjoint à tous prestres, bénéficiers, et autres de porter les habits de leur ordre sous peine de prison, et en l'article 65 il leur défend de jouer au brelan ou d'y aller voir jouer sous même peine de prison.

Partant le Seigneur Evesque fondé en la mesme jurisdiction a pu décerner la peine de prison même contre les chanoines, puisqu'il a sur eux toute sorte de jurisdictions par la bulle de leur sécularisation, et conséquemment le syndic ne peut estre fondé en l'appel comme d'abus interjetté sur la mesme ordonnance.

Partant, s'il plait à Votre Majesté, sera dit bien ordonné et mal appelé et ledit syndic condamné aux dépens et à l'amende, à quoy conclut.

Ce mémoire, rédigé par Bossuet sur les indications que lui avait fournies son vicaire général de Bressolles, ne put être sérieusement contesté, tant les raisons données par l'évêque étaient juridiques et appuyées sur des précédents que les chanoines auraient vainement essayé de repousser, puisqu'ils avaient été acceptés par eux ou leurs prédécesseurs depuis le concordat intervenu le 4 mars 1546, lors de la sécularisation du chapitre. Un arrêt (1) conforme aux conclusions du mémoire

____

(1) Cet arrêt est ainsi conçu :

Extrait des registres du Conseil d'Etat. Sur ce qui a été représenté au Roy en son conseil que le Seigneur Evesque de Condom avoit fait publier une ordonnance le 16 juin dernier portant au cinquiesme article une injonction expresse à tous chanoines, curés et autres bénéficiers de résider à peine de privation des fruits de leurs bénéfices à proportion de leur absence et même de prison contre les contumax, à laquelle le syndic du chapitre de l'église cathédrale de Condom aurait formé opposition et même prétendant qu'une ordonnance si conforme aux Saints Canons étoit abusive, de sorte qu'il en auroit interjetté appel comme d'abus le 8 juillet dernier et fait assigner ledit seigneur évêque de Condom au parlement de Bordeaux en vertu d'une commission dudit parlement portant entre autres choses trés-expresses inhibitions et deffenses audit Seigneur Evêque et à tous autres de rien faire, attenter ou innover au préjudice dudit appel; ce qui est directement contraire à la jurisdiction des évesques et à la discipline de l'Eglise. A quoy estant nécessaire de pourvoir, le Roy estant dans son conseil a deschargé et descharge le dit Seigneur Evesque de fut rendu le 2 octobre 1671; la signification en fut faite au chapitre le 10 novembre suivant, et force fut aux récalcitrants de s'incliner devant une décision si contraire à leurs prétentions.

Pendant que ce procès se terminait en assurant à Bossuet l'exercice complet de sa juridiction, la ville de Nérac, qui était le centre le plus important du diocèse après la résidence épiscopale, lui procura malheureusement l'occasion de déployer son énergie pour la répression d'un double scandale.

Le couvent des Clarisses de Nérac avait déjà, en 1666, obligé l'évêque Louis de Lorraine à prendre contre quelques-unes de ses religieuses des mesures de rigueur que justifiaient les désordres et les abus qui s'y étaient introduits. M. de Bressolles, vicaire général du diocèse, et le curé de Nérac reçurent l'ordre de défendre à tous les fidèles l'audition de la messe dans la chapelle du couvent sous peine d'excommunication. Quelque temps après, Mme Dudrot, supérieure, ayant, sur la simple permission du provincial, autorisé une de ses religieuses à sortir du couvent et à violer la clôture, l'évêque s'émut de cette dispense de la règle, accordée sans son approbation préalable, et déclara Mme Dudrot non-seulement indi-

Condom de l'assignation à luy donnée par le syndic du chapitre de l'église cathédrale de Condom; ce faisant a évoqué et évoque à soi l'opposition et l'appel comme d'abus par le syndic de l'ordonnance dudit Seigneur Evesque de Condom, fait deffense au dit parlement de Bordeaux de plus avant en connoistre et aux parties de s'y pourvoir, ordonne cependant que par provision et sans préjudice du droit des parties au principal, l'ordonnance sera exécutée selon sa forme et teneur. Fait au conseil d'Estat du Roy, Sa Majesté y estant, tenu à St-Germain en Laye le 2 octobre 1671, PHELYPPEAUX, signé.

Louis par la grâce de Dieu Roy de France et de Navarre, au premier notre huissier ou sergent sur ce requis, Nous te commandons par ces présentes signées de Notre main que l'arrest cy-attaché sous le contre-scel de Notre Chancellerie ce jourd'hui donné en nostre Conseil d'Estat, Nous y estant, sur la requête présentée en iceluy par notre amé et féal conseiller en nos conseils le Seigneur Evesque de Condom, que tous autres qu'il appartiendra, à ce qu'ils n'en prétendent cause d'ignorance et ayent à y déférer et obéir; leur faisant les deffenses y mentionnées sur les peines y déclarées et outre faire pour l'exécution dudit arrest tous exploits et significations nécessaires de ce faire; te donnons pouvoir, sans pour ce demander autre permission, car tel est notre plaisir.

Donné à Saint-Germain en Laye le 2 octobre 1671 et de notre règne le 29e; signé Louis, et plus bas, par le Roy: PHELYPPEAUX.

gne d'occuper une charge quelconque dans le couvent, mais encore frappée d'excommunication aux termes du concile de Trente. Appel comme d'abus de cette ordonnance fut porté au Parlement de Bordeaux et un arrêt de cette cour mit l'évêque en demeure de lever l'excommunication sous peine de la saisie de son temporel. Louis de Lorraine se contenta de répondre que ce n'était pas lui, mais bien le pape qui avait infligé cette peine canonique, et il obtint du roi qu'une enquête serait faite par Samuel Martineau, évêque de Bazas, devant lequel les religieuses étaient autorisées à porter leurs plaintes et à faire leurs réclamations. Cette enquête, qui devait être appointée de l'avis de l'évêque-commissaire, se fit vers la fin du mois de juillet 1666 et deux partis se trouvèrent dès lors en présence. Celui de la supérieure exhala des plaintes très-vives et raconta des choses qu'il eût été plus sage de taire; l'autre, au contraire, donna par son silence un grand exemple de charité évangélique. L'évêque de Bazas ayant transmis son rapport au roi, le Conseil d'Etat ordonna, par arrêt du 50 septembre 1666, que par provision les religieuses Clarisses de Nérac seraient sous la juridiction de l'ordinaire de Condom jusqu'à ce que la cour de Rome eût statué, mais que nonobstant toute opposition la supérieure, la prieure, la portière, la sœur chargée du temporel et la maîtresse des novices, seraient immédiatement transférées dans un autre couvent. L'exécution de cet arrêt fut la cause d'un scandale nouveau qui vint s'ajouter aux anciens : Mme Dudrot refusa d'obtempérer aux sommations légales et ne voulut point ouvrir aux commissaires du roi les portes de sa communauté. Force fut donc de les briser le 25 octobre et d'exécuter dans toute leur rigueur les prescriptions de l'arrêt du conseil. Les religieuses récalcitrantes, Anne Dudrot, de Guérin, Dupuy-Molé, de Carbonnière et Dudrot Saint-May, furent transférées au couvent de La Plume et finalement dispersées dans diverses maisons de leur ordre.

Les protestants de Nérac se réjouissaient de voir ainsi l'Eglise catholique aux prises avec le pouvoir séculier, lorsque tout sembla rentrer dans le calme habituel. Mais le relâchement de la discipline religieuse entraînant fatalement le relâchement des mœurs, il arriva qu'en 1671, une religieuse du même ordre scandalisa de nouveau la ville par son inconduite notoirement avérée : une enquête fut ouverte par les soins de Bossuet, et celle que le grand évêque ne craignit pas de traiter de « misérable » fut ignominieusement chassée de sa communauté (1). Ces désordres étaient d'autant plus graves qu'ils se produisaient au centre même du protestantisme condomois. Bossuet tenait donc à les réprimer avec un redoublement d'énergie; la honte et le châtiment public infligé à la religieuse dont nous venons de parler semblaient être suffisants pour ramener chacun à la stricte observation des règles canoniques et des convenances professionnelles. Il n'en fut pas ainsi, et l'église Saint-Nicolas de Nérac se trouva, dans la même année, le théâtre d'une nouvelle scène scandaleuse, sur laquelle nous ne possédons aucun renseignement particulier. Nous la reproduirons donc telle qu'elle est racontée par M. Floquet dans ses savantes *Etudes sur la vie de Bossuet jusqu'à son entrée en fonctions en qualité de précepteur du Dauphin.*

Dans le courant du mois d'août 1671, un religieux capucin, nommé le P. Henri, prêchant dans l'église Saint-Nicolas de Nérac, dit en chaire, dans un but agressif, qu'il n'était pas permis de lire la version du Nouveau Testament, imprimée à Mons en 1667, cet ouvrage étant, d'après lui, apocryphe et condamné par l'Eglise à raison des erreurs qu'il contenait. L'auditoire était nombreux et parmi les fidèles se trouvait le P. Benjamin de Juliac, doctrinaire, chaud partisan de ce livre,

---

(1) Lettres de Bossuet au promoteur Lagutère et à l'abbé de Méral, chanoine de Montréal, en date du 4 may 1671, publiées, l'une dans le Bossuet de Vivès, t. xxx, p. 583, l'autre dans la *Revue de Gascogne*, t. xiv, p. 377.

qui déclara aussitôt son intention « de monter bientôt en
» chaire et de rembarrer avant peu ce capucin. » Il tint
parole et le 25 du même mois, occupant la chaire de l'église
du collège de Nérac, il affecta de parler de la lecture de l'écri-
ture sainte, ajoutant « qu'un prédicateur, un petit moine
» ignorant avait mal à propos prêché qu'on ne pouvait pas
» lire le Nouveau Testament imprimé à Mons, livre apocryphe
» à l'en croire, et condamné d'erreur. » Le P. de Juliac ne
s'en tint pas là et se répandit en invectives contre le P. Henri,
qui était venu tout exprès pour l'entendre : celui-ci alors se
levant répondit « qu'il l'avait dit, en effet, qu'il le soutien-
» drait, le ferait voir et l'afficherait partout. » Un dialogue
s'établit entre les deux religieux. Le P. de Juliac, toujours en
chaire, demandant à son adversaire comment il le ferait voir,
lui porta le défi de justifier sa prétention : à quoi le capucin
répartit qu'il le prouverait par le concile de Trente, ainsi que
par une bulle d'Alexandre VII en date du 20 avril 1668, qu'il
tenait en main et montrait à tous les assistants. Vainement le
curé chercha à interposer son autorité en demandant au
doctrinaire de quitter la chaire, celui-ci continuait à inju-
rier le capucin en disant: « Ce pauvre petit religieux igno-
» rant vient de tomber en faiblesse, il faut lui donner du vin.
» Ça, qu'on porte un peu de vin là-bas, il y a un homme qui
» se trouve mal. » Ces nouvelles scènes, aussi scandaleuses
que ridicules, produisirent à Nérac le plus déplorable effet.
Bernard de Bressolles et le promoteur Lagutère se rendirent sur
les lieux et y procédèrent à une enquête, à la suite de laquelle
ils adressèrent à leur évêque un rapport concluant à une
sévère punition. La réponse de Bossuet ne se fit pas longtemps
attendre : le prélat défendit au doctrinaire et au capucin de
prêcher jamais dans le diocèse de Condom et ordonna à ce dernier d'en sortir au plus tôt, comme étant « notoirement l'agres-
seur et dans sa prédication ayant cherché le scandale (1). »

(1) Il serait téméraire de blâmer Bossuet au sujet d'une affaire dont tous les
détails essentiels ne sont peut-être pas connus. Mais, à s'en tenir au récit de M. Flo-

Le dernier acte de l'épiscopat de Bossuet fut l'autorisation par lui donnée au vicaire-général de Bressolles de vérifier les reliques de saint Antoine, patron de la paroisse de Lialores.

Cette vérification fut suivie d'un procès-verbal qui nous a paru intéressant à cause des faits qu'il énonce. Nous en donnerons ici le texte complet, afin de faire connaître à nos lecteurs la scrupuleuse réserve avec laquelle on agissait en pareil cas, et diverses circonstances relatives à un martyr dont le culte fut autrefois très-répandu dans nos contrées.

Procès-verbal de la visite et vérification des reliques de saint Antoine de Lialores, martyr, le 10 septembre 1671.

Nous Bernard de Bressolles, chanoine théologal et archidiacre en l'église cathédrale de Condom et vicaire général de Monseigneur messire Jacques Bénigne de Bossuet, évêque et seigneur de Condom conseiller du Roy en ses conseils et précepteur de Monseigneur le Dauphin, et de son ordre, sur la requête verbale à nous faite par M⁰ François Dutour, prêtre et curé de l'église Notre-Dame de Lialores au présent diocèse, de lui permettre d'ouvrir et visiter certain tombeau de pierre relevé sur terre d'environ cinq pieds et qui est derrière l'autel de la chapelle saint Antoine, martyr, en la su-ditte église paroissielle de Lialores, dans lequel tombeau la tradition estoit de tout temps que les reliques dudit saint martyr estoient renfermées et duquel ils avoient la tête, de mémoire perdue, dans une châsse d'étain qu'on expose souvent pendant l'année à la vénération du peuple, et duquel saint Martyr la fête se célèbre annuellement non-seulement en la ditte église de Lialores, mais aussi dans l'église cathédrale de la présente ville de Condom le 2 septembre, suivant la fondation faite par Antoine de Grossolles, religieux et infirmier dans la dite église cathédrale en 1493, sous Jean Marre, évêque de Condom; Nous lui aurions accordé la ditte permission après luy avoir recommandé de faire la ditte recherche avec soin et

quel, les torts les plus graves étaient évidemment du côté du doctrinaire, qui prenait la défense d'un livre condamné par le Saint-Siége, tandis que le capucin soutenait les vrais principes, sans doute avec un zèle inconsidéré. *(Note de la direction.)*

décence requise et en compagnie d'autres ecclésiastiques. Ce qui aurait été fait le 6 du courant auquel jour de dimanche avoit été remise la solemnité et feste de ce saint en la ditte église, et ce en présence de MM. Pierre Dutour, ancien curé de la ditte église, Jean Daunassans, curé de Vicnau, Jean Colomès, Joseph Bézian, prestres et du Père Patrice, gardien des capucins de Nérac, et de plusieurs personnes de condition de la dite paroisse, des gardes du dit lieu et habitans du dit Lialores. Et, en effet, ils auraient trouvé sur le haut du dit tombeau élevé sur terre un petit caveau de deux pieds de long et un de large, sans qu'il y eût rien au dedans, duquel la tradition estoit qu'on avoit tiré la susditte tête qui avoit été desrobée et apportée à la montagne où les habitants furent la racheter, et ayant démoli et creusé plus avant, il fust trouvé un second caveau de pierre de taille de plus de deux pieds en long dans lequel on aurait trouvé une petite caisse de bois de chêne pourrie en partie, et en icelle caisse divers ossements qu'ils auraient mis dans une nappe bien blanche, ayant ramassé soigneusement tout ce qui estoit dans le dit caveau, et porté le tout, savoir la ditte caisse de bois et ossemens avec la ditte nappe, dans un grand coffre fermant à clef qui est dans la sacristie de la ditte église. En suitte de quoy les dits sieurs ecclésiastiques nous auraient donné avis de tout ce dessus, prié et requiert verbalement de vouloir nous transporter sur les lieux pour procéder à la vérification et visite des dittes reliques, et dresser notre verbal de tout, ce que nous aurions offert faire.

Et en effet le 10 du présent mois de septembre 1671, Nous vicaire général susdit, en compagnie de Me Jean Lagutère promoteur du présent diocèse, de Jean Colomès et Raymond Boutmelly présents, et du R. P. Patrice, gardien du couvent des capucins de Nérac, qui avoient tous trois assisté à l'ouverture du dict tombeau, serions partis de Condom sur les cinq heures du matin et rendus au dit lieu de Lialores, jurisdiction de Condom, distant d'environ une lieue, ou étant, et dans la susditte église paroissielle Notre-Dame de Lialores, après avoir salué le Saint-Sacrement, il nous aurait esté rapporté qu'il y avoit divers actes dans le lieu justificatif de la vérité de ce dessus, savoir que les reliques du bienheureux Antoine martyr, surnommé de Lialores à raison de ce, estoient dans la ditte église, et pour cet effet, on nous aurait exhibé un acte en parchemin écrit et portant fondation et spiritualisation de certaine chapelle en la ditte église en l'honneur du bienheureux Antoine martyr par Michel

Labadie prestre en son testament du 13 mars 1501 retenu par Charles Menhoméli, le 14 may 1501, notaire de Condom; et spiritualisée par Jean Marre, evêque du dit Condom, par acte retenu par ledict Menhoméli le 14 may 1504, dans lequel il est porté que le dict fondateur veut que le service soit fait dans la ditte chapelle saint Antoine qui est au côté droit dans l'église susditte, *in quâ corpus beati Antonii Martyris requiescit*. Plus nous fust exhibé un missel fort ancien en lettres gothiques auquel n'ayant trouvé l'année de l'impression à cause qu'il est en partie rompu, nous jugeons qu'il doit estre de la fin du XVᵉ siècle par rapport aux caractères et aux impressions de ce temps-là dans lequel nous lûmes au 2 septembre qu'il y avoit couché: « *In festo sancti Antonii de Lialoris martyris.* » Plus nous furent montrés divers actes des reconnaissances des fiefs dudict lieu des années 1420 et suivantes, ce qui avoit appartenu par cy-devant aux couvent et religieux de Saint Benoist dudict Lialores, portant que les payemens des dicts fiefs seraient faits le 2 septembre *et in festo sancti Antonii martyris*, tous lesquels susdicts actes nous obligèrent de procéder avec respect et exactitude à ladite visite. Mais avant, pour demander à Dieu les grâces et lumières nécessaires en ce rencontre, nous aurions célébré la sainte Messe avec les susnommés Pierre Dutour, François Dutour curés, Charles Durègne, curé d'Alou et Jean Daunassans curé de Vienau au présent diocèse, partie au grand autel d'icelle église où repose le Saint-Sacrement et partie à la chapelle dudict saint Antoine martyr; et nous estant ainsi disposés, revêtus du surplis et étole, en compagnie de tous lesdits ecclésiastiques dont quelques-uns étoient pareillement revêtus de surplis ou aubes, et en présence aussi de plusieurs personnes de condition de la ditte paroisse, savoir nobles Jean du Sage, sieur de Ste Raffine, Blaise de Salles, sieur de la Maurague, François Dubernet de Garos, Antoine Moulié, Jacques Lacave et Jean-Bernard Lacave père et fils, Dominique Lamesan et Jean Bousquet maitres chirurgiens, Jean Faget, garde dudit lieu et autres habitans dudit Lialores, aurions fait ouvrir le dict coffre, où ayant trouvé la ditte nappe dans laquelle estoient enveloppées la susditte caisse et ossemens, aurions apporté le tout dans le presbytère et audevant le grand autel de la dite église, et là, en présence et à la vue des susnommés aurions visité tout ce qui estoit contenu dans la ditte nappe, et après avoir séparé le bois d'avec les ossemens, Nous aurions trouvé parmi les dicts ossemens une petite lame de plomb, large d'un pouce au plus et de la longueur de deux tiers de pied ou environ que nous croyons au commencement estre une côte, mais ayant reconnu au poids que c'estoit du métal, nous jugeames qu'il y devoit avoir quelque inscription qui nous servirait à vérifier ce que Nous cherchions; en effet, ayant fait porter de l'eau et laver la ditte lame parce que Nous ne pouvions y connoistre aucun caractère, Nous y aurions enfin vu et lu ces mots escrits en un caractère plus ancien que le gothique, non gravez mais relevez sur la ditte lame de plomb: *Hic jacet corpus sancti Antonii martyris*, et deux petites lignes, le restant de la ditte lame si gâté et si usé par le temps que nous ne pûmes y rien connoistre de ce qu'il y avoit, et pleinement satisfaits de cette preuve authentique jointe à celles cy-dessus alléguées, de la tradition, fondation susdittes et autres actes, Nous ne doutames plus que ce ne fussent les véritables reliques de saint Antoine martyr appelé communément de Lialores, et pour preuve que depuis fort longtemps les susdittes reliques auraient esté remises dans ce tombeau, Nous aurions trouvé les clous dont avoit esté fermée la ditte caisse, quoique fort gros, si pourris et gatés qu'ils se brisaient comme du verre. En suitte de ce, Nous aurions mis les susdits ossemens dans une serviette bien blanche; laditte serviette avec lesdittes reliques dans un petit coffre neuf duquel aurions remis la clef au sieur curé dudit Lialores après néantmoins l'avoir scellé, et le dit petit coffre; nous le remimes dans un autre grand coffre duquel les marguillers de la ditte église tiennent la clef, et qui est dans la sacristie de la ditte église;

Dont et de tout ce dessus, Nous aurions dressé le présent procès-verbal pour servir ainsi que de raison, que Nous aurions signé et fait signer aux susnommés, les jour et an que dessus.

Les fonctions si importantes que Bossuet remplissait à la cour ne l'empêchaient pas, ainsi que nous avons cherché à le démontrer, de s'occuper activement du troupeau confié à sa garde par la divine Providence. Rétablissement de la discipline ecclésiastique, réorganisation des conférences, mesures énergiques mais nécessaires pour le maintien de ses prérogatives et de sa juridiction, punition sévère des scandales, vérification des reliques vénérées par ses diocésains, rien n'échappait à son zèle et à son inébranlable volonté. Il fit beaucoup pendant son court épiscopat et il ne crut pas pouvoir faire assez. Exigeant de ses prêtres l'exactitude rigoureuse à leurs devoirs et la pratique effective de la résidence, il comprit qu'il devait leur en donner l'exemple ou supplier le roi de le relever de sa charge épiscopale. Il s'en ouvrit respectueusement à Louis XIV et lui-soumit toutes les inquiétudes de sa conscience; le grand roi les comprit, et ne voulant pas priver son fils du seul homme capable de le préparer à régner dignement sur la France, il engagea des pourparlers avec la cour de Rome. L'agrément d'Innocent XI ne se fit pas longtemps attendre, et dans le courant d'octobre 1671, Bossuet put régulièrement remettre au roi sa démission pure et simple (1). Elle fut immédiatement acceptée, et le 51 du même mois Louis XIV le remplaçait par Jacques de Matignon, abbé du Plessis et doyen de Lisieux. Le nouveau prélat n'ayant fait prendre possession de son siége que le 7 avril 1672, Bossuet continua jusqu'à cette date à régir son diocèse, et le 9 avril 1675, il donna aux Condomois une dernière marque de sa haute bienveillance en sacrant lui-même son successeur dans l'église des Chartreux de Vauvert. Il présida cette cérémonie en présence de six évêques et y fut assisté de Louis de Simiane de Gordes, évêque de Langres, et de Guy de Selves de Rochechouart, évêque d'Arras.

A dater de ce moment, Bossuet ne nous appartint plus; l'éducation du Dauphin l'occupa tout entier jusqu'en 1681, époque à laquelle le roi lui donna l'évêché de Meaux vacant par suite du décès de M. de Ligny. Cependant trois circonstances de la biographie de l'évêque de Meaux se rattachent encore à l'histoire de la Gascogne : c'est d'abord l'abjuration entre ses mains, dans l'église Saint-Louis de Versailles, en mars

---

(1) Cette démission pure et simple mérite d'autant plus d'être remarquée que Bossuet était presque sans fortune. « Lorsque M. de Matignon fut nommé évêque de » Condom, il se démit du prieuré du Plessis et supplia le roi de vouloir bien le donner » à Bossuet, ce qui fut accordé. Ce prieuré valait 8 ou 9,000 livres de rente, c'étoit » là tout le revenu de M. Bossuet avec les appointements de son emploi. Quoiqu'il ne » fût pas riche, ce qu'il avoit lui suffisoit, parce qu'il vivoit avec une frugalité et une » modestie qu'il conserva jusqu'à sa mort. Sa table étoit sans délicatesse et sans pro- » fusion; ses meubles très-simples, son équipage modeste. Il n'avoit que les domes- » tiques qui lui étoient absolument nécessaires. » (Vie de Bossuet, par Burigny.)

1675, de Jacob Moynier, *pasteur à Nérac* et l'un des membres les plus distingués de la religion réformée; puis, son décès survenu le 12 avril 1704 à Paris entre les bras de M. Hébert, *évêque d'Agen*, et enfin son remplacement à l'Académie française le 2 août 1704 par l'abbé de Polignac, depuis cardinal et ARCHEVÊQUE D'AUCH.

APPENDICE.

Dans les deux ou trois mois qui suivirent la nomination de Bossuet au siège de Condom, un consul de cette ville se trouvait à Paris pour les affaires de l'administration municipale. Il entretenait avec ses collègues une correspondance, où il fut plus d'une fois question du nouvel élu. En voici quelques extraits, que nous avons reçus trop tard pour les mettre à leur place dans notre travail. Nous dirons en passant que l'auteur, Jean Bégué-Plieux, né à Condom en 1656, mort le 1er septembre 1695 dans la même ville, dont il fut consul pendant près de trente ans, a laissé des mémoires manuscrits intéressants pour l'histoire locale.

19 septembre 1669.

..... Le Roy nous a donné un evesque qui peut estre dans une suitte pourroit porter quelque trouble dans cette affaire. (*Il entend l'affaire des arrérages des tailles de l'évêché, dont s'occupaient les consuls.*)

Cet evesque nouveau est M. l'abbé Bossuet, un de ceux qu'on avait nommés depuis long temps parmi les pretendans. Il est originaire de Bourgogne, tres habille, fort fameux prédicateur et ensin (*sic*) il s'est acquis une si grande réputation qu'il n'y a pas à douter que sa promotion ne soit applaudie de tout le monde. Si vous iugés, Messieurs, que ie doibve luy faire quelque ceremonie de la part de la ville, vous n'avés qu'à me prescrire vos ordres. Cependant dès auiourd'huy i'ay tasché de le voir, et comme deputé de la ville pour

ses affaires dans Paris et comme particulier, pour luy asseurer que sa promotion sera un sujet de ioye et de satisfaction publique. . . . .
. . . .

22 septembre.

...... J'ay eu l'honneur de veoir deux fois Monsieur nostre nouveau prelat. C'est l'homme du monde le plus gracieux et le plus obligeant. Il m'a fort asseuré que son dessein estoit de vivre avec tout le monde de la maniere la plus satisfaisante et la plus commode qu'on puisse imaginer. . . . .

13 octobre.

M. nostre evesque a receu fort agreablement le compliment que ie luy ay faict de la part de la ville. Il m'a continué ses civilités et ses protestations de vouloir estre le meilleur prelat du monde. Il n'y a pas asses déloges pour rendre tout ce qui est deub à son merite, tout le monde, le general et le particulier de nostre ville, le recoignoistront bien tost; car il s'empresse et se dispose incessamment à s'en aller dans son evesché : il croit pouvoir estre dans cet estat au caresme prochain.

Je suis tousiours, etc.

3 novembre.

J'ay esté en commodité d'entretenir auiourd'huy fort long temps nostre prelat. Je luy ay parlé de toutes choses et en verité i'aurois tort si ie ne vous rendois conte de mille obligentes protestations qu'il m'a faict de se rendre aussi utile et aussi officieux qu'il pourra pour le bien de nostre communauté. J'espère beaucoup de sa faveur et de son credit, et ie serois le plus trompé des hommes s'il ne les emploie efficacement. Je seray tousiours,

Messieurs,

Votre très-humble et très-obéissant serviteur,   Begué.

17 novembre.

Je n'ay pas encore rendu la lettre que vous m'avés adressé pour nostre nouveau prelat, parce que ie l'ay auiourd'huy trouvé fort empesché dans un grand concours de visites de *proficiat* que plusieurs personnes de qualité luy rendoint sur le succès de l'oraison funebre qu'il fit hier à l'honneur de la reyne d'Angleterre. J'ay creu qu'il valoit mieux attendre un temps plus propre et de plus de loisir. . . . .

(Sans date).

Messieurs,

Vous trouverés soubs cette envelope la response de M. nostre nouveau prelat. Il m'a tesmoigné que vostre lettre luy avoit donné beaucoup de satisfaction. Ce qui me faict croire que vous n'en recevrés pas moins de sa response. . . . .

Malheureusement cette lettre de Bossuet est perdue, ainsi que celle des consuls.

FIN.

Auch, impr. et lith. F. Foix.